I0546826

LES DAUPHINS

DE

LA MAISON DE LA TOUR

Dialogue historique

PAR

Suzanne, Adèle de La Tour de l'Igonnie et de St-Privat

F^{me} **FREYSSENJE**

PARIS

IMPRIMERIE D'OUVRIERS SOURDS-MUETS

111 ᵇⁱˢ, RUE D'ALÉSIA (Villa d Alésia, 31)

1901

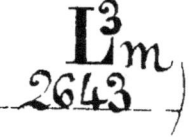

LES DAUPHINS

DE

LA MAISON DE LA TOUR

————————

Dialogue historique

PAR

Suzanne, Adèle de La Tour de l'Igonnie et de St=Privat

Fᵐᵉ **FREYSSENJE**

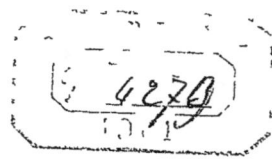

PARIS

IMPRIMERIE D'OUVRIERS SOURDS-MUETS

111 ᵗᵉʳ, Rue d'Alesia (Villa d Alésia, 31)

———

1901

LES DAUPHINS

DE LA MAISON DE LA TOUR

Dialogue historique

— Humbert, ne trouvez-vous pas que notre petit
André est bien malade ?

— En effet, Béatrix, il me paraît plus abattu et son
regard est moins vif ; cela m'inquiète beaucoup. Chère
Béatrix, s'il fallait que nous le perdions, notre petit
André, notre fils unique, j'en perdrais la raison et la vie
peut-être.

— Oh ! Humbert, Dauphin, mon époux, ne croyez
pas à ces malheurs extrêmes ; notre jardin n'est-il pas
là avec toutes ses plantes et ses fleurs médicinales ?
Ai-je oublié les traditions de la Maison souveraine de
savoir s'en servir ? Joignez à cela la tendresse extrême
que j'ai pour vous et que j'aurai toujours, Humbert ;
mais notre petit André la partage avec vous et vous
pouvez en juger.

— Ah ! ma bien-aimée Béatrix, quand je lis les his-
toires généalogiques de nos ancêtres, cherchant à me
pénétrer de leurs vertus, je vois tant de princesses de la
Maison souveraine dénommées vertueuses, je me dis en
effet, il fallait qu'elles le fussent beaucoup pour vous les
avoir toutes transmises, car vous avez toutes les vertus
possibles et désirables, Béatrix ; quand je vous voyais,
vous, une Marie des Baux, de la Maison souveraine,
unique au monde, ayant étendu sa puissance dans toute
l'Europe, par ses alliances princières et royales, quand
je vous voyais, dis-je, allaiter notre petit André, que

j'étais heureux en vous contemplant tous deux ; dans cet allaitement, je vous voyais transmettre vos vertus à mon fils et je me disais : quel homme il sera plus tard, quand, à mon tour, je lui aurai transmis mes qualités chevaleresques.

— Vous parlez comme un ange, Humbert ; et comment ne pas les avoir, ces qualités chevaleresques, vous un Dauphin de la Maison de La Tour ! Vous me faites penser à Loıs le Ménestrel, quand il mérita si bien cette belle chaîne d'or, en comparant le Dauphin Humbert aux hauts peupliers des forêts que la tempête brise, et la Dauphine à l'herbe des champs que la tempête agite mais ne brise pas.

Humbert, que notre entretien ne nous fasse pas oublier notre petit André. Je vais, de ce pas, cueillir cette plante innommée que je connais pour être si bienfaisante, et nous en verrons le bon effet deux heures après. Oui, Humbert, cette plante est notre dernier recours, à cause qu'elle énerve beaucoup et rend un peu insupportable pendant quelque temps, et surtout les enfants ; mais nous serons indulgents pour notre petit André ; l'essentiel, c'est que nos inquiétudes cessent, que notre petit André ne soit plus malade, et aussi continuer nos préparatifs pour recevoir, d'une façon digne de nous, Jean-Gaston d'Arve, ambassadeur du comte de Savoie, et cette chasse pour saluer son départ, mais je redoute un peu les accidents ; je préfère les tournois, les réunions où je présiderai pendant son séjour. Que de félicitations vont vous être adressées, Humbert, sur votre édit contre les grands vassaux qui abusaient de leur force pour opprimer leurs serfs et qui sont maintenant obligés d'en référer au Dauphin, et aussi sur la protection que vous accordez aux savants ; en leur accordant des demeures et le permis d'enseigner, vous avez posé ainsi les bases de l'Université de Grenoble et je vous en félicite, moi-même, Humbert ; je cours au jardin

— Elle me félicite, ma chère Béatrix ; n'est-ce pas inspiré, approuvé par elle ? Ferais-je quelque chose sans son approbation ? Ah ! non, jamais ; ses conseils sont d'or, il en sort toujours une manne bienfaisante qui se répand sur mon Dauphiné. Avec quelle grâce n'a-t-elle pas plaidé et obtenu le pardon de ce Gerlon, mon fauconnier, qui se révolta sur une simple observation et osa me dire qu'il ne dépendait que de Dieu et tira sur le roi de mes faucons. Je voulus lui faire voir que Dieu lui avait donné un maître en le punissant sévèrement. Ah! quelle plaisanterie! la Dauphine est toujours là pour demander la grâce de ceux que je punis et que je ne refuse jamais ; c'est de tradition. Elle joue son rôle et moi le mien Ah! combien ils ont raison, les princes et les rois, de continuer leurs alliances dans notre maison! Il s'en suivra le progrès pour les lettres, les arts, l'industrie et le bonheur pour tous les peuples. Je le désire. — (*Pan ! Pan !*) Entrez.

— Monseigneur le Dauphin est prié par Madame la Dauphine de venir voir la gaieté du petit André obtenue par la plante bienfaisante et qui est si bien le signe de la guérison.

— Merci, j'y cours. Ma chère Béatrix pourra donc lancer joyeusement le faucon le jour de la chasse et le Dauphin tâchera de terrasser les deux sangliers qui ravagent la plaine depuis si longtemps.

Tiens! vous voilà! Je m'empressais de venir.

— Papa! Papa!

— Inutile Humbert, je n'ai pu lui imposer de vous attendre.

— Et vous avez pu vaincre sa répugnance pour ce breuvage, Béatrix?

— Oui, Humbert, en lui promettant de lui lire la *Tour du prodige* avec feu.

— Oui maman, tout de suite, papa le veut bien. Tenez la voilà.

— Tu savais donc où elle était?

— Oui, maman.

— Humbert, il faut que je m'exécute.

— Et oui, ma chère, vous aurez deux auditeurs, le père et le fils.

— Allons! je commence. La voici :   . . . .
.   .   .   .

— Merci, maman, je veux apprendre à lire, et alors, je la lirai à tous les amis qui voudront m'écouter.

— Très bien, mon fils; Béatrix, voilà le secret tout

trouvé pour faire naître le désir d'apprendre à lire aux enfants: c'est de leur faire la lecture chaleureuse d'une histoire qui les enchante.

— C'est la vérité, Humbert.

— Quelle fée enchanteresse vous êtes, Béatrix! Oui, vous êtes divine; voilà notre petit André sauvé, grâce à votre savoir. Quand je sens un malaise, je n'ai qu'à vous le faire connaître, et vous le faites cesser immédiatement.

— Humbert, je ne fais que mon devoir et suivre les traditions de mes ancêtres.

— Nos ancêtres communs, chère Béatrix. Ah! comme je les aime tous, ces braves ancêtres! Enfin, Béatrix, parlons d'autre chose. Je vais donc partir, ce soir, pour Grenoble, en vous laissant surveiller la santé de notre petit André, et pour la première fois, les réunions dans lesquelles nous devons trancher les différends avec le Comte de Savoie, ne seront pas présidées par ma bien aimée Béatrix

— Je ne vous ferai pas d'opposition, Humbert, il n'y a pas de meilleure surveillance pour un enfant que celle de sa mère. N'est-ce pas, Humbert, deux jours suffiront pour trancher les différends, quatre ou cinq jours pour les tournois, les festins, et la partie de chasse aura lieu ensuite. N'ayant pas subi la fatigue de présider aux réunions, je serai plus forte pour lancer le faucon, le jour de la chasse.

— C'est cela, ma chère Béatrix, encore un triomphe retentissant pour le Dauphin et la Dauphine, ce jour-là. Je préfère cela à la gloire de gagner des batailles; les traces sanglantes me laissent moins de regret. Je pars, à bientôt ces triomphes.

— Humbert, nous vous suivons, permettez-nous d'assister à votre départ . . . .

. . . .

— André, votre père va arriver tout-à-l'heure et vous apportera un petit fusil, et pendant la chasse aux sangliers, vous chasserez les petits moineaux, en compagnie de vos petits cousins et cousines. C'est une grande faveur que l'on vous accorde, car c'est bien défendu de les détruire, en temps ordinaire ils sont si utiles à la culture en détruisant les petits insectes, que c'est mal de les détruire eux-mêmes.

— Mais, maman, ce n'est pas sûr que nous en détruirons, nous ne tirerons peut-être pas droit. Voici un domestique qui vient vers nous.

— J'ai l'honneur d'annoncer à Madame la Dauphine qu'un messager vient d'arriver pour annoncer à Madame la Dauphine que Monseigneur le Dauphin et sa suite ne sont qu'à une heure de distance du château.

— Ah! Quel bonheur!

— Alors, venez, maman, nous monterons au donjon pour les voir arriver et voir le bon effet des costumes.

— C'est cela, André, et en approchant, ils ne manqueront pas de nous voir. Nous leur tendrons les bras et nous leur enverrons des baisers. Ensuite on déjeunera, et la chasse après; ah! ces pauvres petits moineaux, ces sangliers, s'ils savaient ça.

— Qui aurait pu le leur dire, maman.

— Oh! personne sûrement, André. Ils ne l'auraient pas compris.

— Oh! non, maman.

— Moi, Antonin, je prends leur place. J'ai assez travaillé depuis ce matin, à quatre heures. Un peu de fraîcheur du dehors. ne me fera pas de mal. Hélas! Quels festins pour recevoir un ambassadeur, si c'était le comte lui-même encore, je le comprendrais. Et ces soirées si brillantes avec leurs représentations théâtrales qui rendent jaloux tous les souverains de l'Europe. C'est beau, on ne peut pas le nier, c'est fait dans le but de procurer un peu de distraction aux habitants; ils y assistent aussi, eux; mais les dettes qui augmentent et avec cela, il continue, comme tous les Dauphins de la Maison de la Tour à diminuer les impôts et ne rêve que le bonheur des Dauphinois. Pierre la Tour lui fait des observations au sujet de ses grandes dépenses; je l'ai entendu D'un autre côté Guillaume Flôte et la plupart de ses amis le poussent dans cette voie de dépenses. Que croient-ils en tirer? le Dauphiné pour le roi de France sans doute; il y a assez longtemps qu'ils le plaident, il y a bien dix ans au moins. Ah! ces catholiques, apostoliques, romains, c'est pour se venger des La Tour, seigneurs de Vinay, leurs ennemis. Vraiment leur rancun est longue. N'oublions pas le festin. Je vois venir les chasseurs de moineaux.

— André, vous dites que c'est malheureux de les détruire les petits moineaux. Vous allez voir, la première fois que je vais tirer dessus, j'en tuerai un. Attendez ! Pan. Ça y est.

— Ah ! moi, j'ai vu, je saurai tirer moi aussi.

— Que faites-vous, mes petits princes ? Maman a dit que la chasse n'était pas encore ouverte.

— Ah ! c'est vrai, nous attendrons. Oh ! oui, il faut attendre, revenons à notre table, on nous servira des gâteaux, Allons-y !

— Ah ! moi, Antonin, je reviens prendre ma place, ma surveillance est inutile, tout marche comme sur des roulettes. Est-elle gracieuse, la Dauphine, dans ces couleurs bleues et ces broderies d'or ! Et le Dauphin ! ils sont radieux tous les deux. Enfin, pourvu que je me trompe ! Mais ce Gerlon qui s'occupe de l'écurie, je lui ai vu une drôle d'expression dans sa figure, lorsqu'il sellait Conabre que le Dauphin doit monter. Il doit participer à la chasse, il est dans le cas de faire arriver quelque malheur au Dauphin, il a dit qu'il se vengerait: mais il devra s'abstenir, à cause de la Dauphine qui a demandé et obtenu sa grâce. Est-ce que ça ne se passe pas toujours ainsi, le Dauphin punit et la Dauphine obtient la grâce? Non, ce n'est pas possible, il ne se vengera pas. J'entends la meute, j'y vais; si on allait leur essayer les couronnes de roses; le Dauphin leur a dit en les visitant que s'ils faisaient bien leur devoir à la chasse, ils participeraient au festin et seraient couronnés ce soir. Ah ! je les vois, ils partent ! Que c'est joli ! Le temps est serein, le ciel bleu, comme la robe de Notre chère Dauphine. Ah ! ils sont déjà là-bas. Elle lance le faucon bien haut, je le vois planer, il redescend, il remonte, il a sa perdrix, et l'apporte aux pieds de la Dauphine. C'est réussi, quel triomphe ! Oh ! que vois-je, le cheval du Dauphin s'emballe. Ah ! je ne le vois plus. Enfin, il revient. La Dauphine le rejoint. Elle a l'air d'insister très fort, je la vois échanger Nérac contre Conabre. Cette chère Dauphine ! elle consentirait à mou-

rir pour sauver la vie du Dauphin ! Je ne les vois plus.
Ah ! voilà les chasseurs de moineaux ! J'aime mieux
cette chasse-là.

— Tenez, Antonin, nous en avons tué trois.

— C'est très bien, petits princes ! André, notre futur
Dauphin, il faut les porter au chef de cuisine. Il les
fera servir au festin du soir.

— Allons-y, allons-y.

— Oh ! que vois-je là haut, au bas d'un rocher ! Un
sanglier, il tombe sur la Dauphine. Conabre s'emballe...
la Dauphine crie : au secours ! au secours ! Horreur ! le
cheval la traîne dans sa course folle ! Son joli corps va
rester en lambeaux sur son parcours. Oh' j'y cours.

— Ah ! le voilà terrassé celui-là l'autre est blessé, je
saurai bien le rejoindre tout-à-l'heure attendons ici, que
mon attitude soit fière et que ma chère Béatrix soit heureuse de me voir ainsi. Mes amis, sonnez vite le cor du
triomphe. J'ai hâte que tout le monde se réunisse ici.
Ah ! que vois-je ! Conabre seul ! un lambeau de sa robe
bleue prise dans l'étrier. Oh ! malheur ! Ma Béatrix
meurtrie, peut-être morte!

— Tranquillisez-vous, Dauphin, quatre hommes la
portent sur un brancard. On reviendra au château et
les plantes bienfaisantes de son jardin la sauveront.

— Elle doit être bien meurtrie. Oh ! ma chère Béatrix,
dans quel état vous vois-je? Oh ! mon ange adoré, pour
avoir accédé à votre désir d'échanger Conabre contre
Nérac. Je ne me le pardonnerai jamais. Ah ! Béatrix, si
vous mourez, je mourrai aussi, je mourrai aussi. Hélas !
son cœur bat à peine. Béatrix, Béatrix, ma bien aimée,
ne mourez pas. Vous êtes ma vie, vous êtes tout pour
moi, que deviendrait notre petit André, sans sa mère?
Oh ! Béatrix, ma Béatrix adorée, une souveraine, la plus
belle, la plus vertueuse des femmes ! vous voir dans cet
état ! Elle respire à peine ! Elle aura cessé de vivre,
en arrivant au château. Ah ! ah !

. . . .

— Dauphin, vous avez une consolation que les autres
n'ont pas.

— En effet, c'est une petite consolation pour moi de
venir ici, dès l'aurore, dans ce jardin, m'entretenir, par

l'esprit, avec ma chère Béatrix, de respirer le parfum
de ces fleurs blanches que vous voyez sur la tombe en-
tourée de pensées, de roses, et de violettes, ces fleurs
me dérobent l'horreur de la mort sous la jeunesse de
la vie, et on peut être parfois plus heureux de vivre par
l'esprit avec les morts qui nous ont été chers et ne nous
ont laissé que de bons souvenir, qu'avec certains des
vivants. Que voulez-vous? les lois de la nature sont
ainsi. Ses lois si souvent méconnues et ses secrets qu'elle
nous cache étaient souvent le sujet de nos entretiens.
Ma chère Béatrix aimait beaucoup ce sujet-là. Elle
aurait sans doute pénétré bien de ces secrets si elle
avait vécu.

— Papa, où donc est maman, qu'elle tarde tant à re-
venir.

— Elle a été au Ciel où elle est mieux, mon enfant,

— Eh bien! si elle m'avait emmené, je lui aurais dit
de ne pas laisser mon papa si longtemps tout seul.

— C'est bien, André, et je vais m'absenter aussi pendant quelques jours pour assister aux assemblées de
Grenoble. Vous serez bien sage, André, pendant mon
absence.

— Oui papa.

— Nous allons rentrer au château pour déjeuner et
nous partirons ensuite pour Grenoble, n'est-ce pas,
Messieurs.

. . . .

— Oh! papa, qu'il me tardait que vous reveniez.

Prêtez-moi votre épée, que je vous fasse voir comme
je sais la faire tournoyer.

— Assez, assez, c'est bien! C'est beau, mon enfant,
par Notre-Dame, beau fils, dans dix ans, vous serez le
vainqueur des tournois. Bien! Bien! Venez vous asseoir
sur mes genoux, André, savez-vous que j'ai grande joie
de vous revoir. Que ce mois loin de vous m'a semblé
long comme un an; mais je me suis occupé de rendre
le Viennois florissant; car un jour, tous ces champs, ces
forêts, ces châteaux, ce fleuve qui coule au pied de la
tourelle; ces hommes que vous voyez seront à vous.
Alors il faudra être bon et juste. C'est pour vous seul
que je suis resté en ce monde, et je vous aime comme

ma mère, ma femme, mon frère; car j'ai perdu tout cela, André, et il vous faut beaucoup m'aimer.

— Je vous aimerai pour tout cela, papa; mais venez voir les étoiles, se mirer dans l'eau comme les cierges allumés. Venez, venez.

— C'est donc bien joli, André, que vous m'entraînez avec tant de vivacité.

— Oh! très joli, papa.

— Attendez, vous n'êtes pas assez grand, André, je vais vous asseoir sur le rebord de la fenêtre. Là, maintenant, admirons les étoiles et ne bougeons plus, et surtout, André, n'ayez pas peur.

— Peur! tenez, voyez si j'ai peur.

— Au secours! au secours! Mon enfant est tombé dans l'Isère.

— Dauphin, que faites-vous?

— Laissez-moi me précipiter pour chercher mon enfant.

— Monseigneur, vous n'êtes pas assez bon nageur, les bons nageurs ne manquent pas parmi vos serviteurs et sauront bien le sauver si c'est possible. Tenez, voyez-vous déjà ces barques, ce Gerlon, le fauconnier, sans vêtement.

Allons, Dauphin, pensez à votre existence, et venez prendre un peu de repos.

— Merci, merci, laissez-moi assister au sauvetage de mon enfant; il n'est pas possible que je perde mon fils unique, après avoir perdu sa mère, il y a six mois à peine.

— C'est inutile, cher Dauphin, de vous illusionner plus longtemps, et depuis une demi-heure, quand même on le retrouverait, il aurait cessé de vivre. Écoutez votre ami, Guillaume Flôte, et venez, nous ne serons que nous deux, et nous pleurerons ensemble.

— Le Dauphin n'est plus là pour voir ce qui se passe, moi, Antonin, je reste et avec mon appareil, j'entendrai.

— Allons, mon cher Dauphin, du courage et rendez-vous à l'évidence. Dieu est terrible dans ses châtiments, quand on ne veut pas subordonner les intérêts terrestres à ceux du ciel, lieu de sa résidence, résidence aussi de votre chère et vertueuse Béatrix, l'épouse fidèle, la

mère dévouée, le conseil du puissant, l'ami du pauvre ;
Elle est maintenant rejointe par son petit André, votre
cher enfant, et espérez, cher Dauphin, que vous les re-
joindrez aussi à votre tour. Je vais vous en tracer la
route, suivez mes conseils et vous calmerez ainsi la
vengeance de Dieu sur votre Maison. Cher Dauphin,
vous n'avez plus d'héritier, et il faut veiller à ce que les
sires de Vinay ne vous succèdent pas dans le Dauphiné,
ce serait vous barrer la route pour rejoindre votre
enfant et votre chère épouse.

— Oh ! Flôte, mon ami, je veux croire cela, que je
pourrai les rejoindre tous deux à mon tour. Dites-moi
ce que je dois faire pour avoir cette suprême récom-
pense.

— Ah ! Tenez, Dauphin, cher Dauphin, ce papier que
vous avez si souvent refusé de signer, signez-le maintenant, et ensuite vous rentrerez dans les ordres et un
jour suffira pour vous donner le sous-diaconat, le dia-
conat, la prêtrise, et je veux que vous soyez patriarche
d'Alexandrie, et cela quand vous voudrez.

— Mais, Guillaume, faire sortir le Dauphiné de la
puissante et illustre Maison de la Tour, ce n'est point
digne de mes vertus chevaleresques. Mais rejoindre
mon fils, ma femme, être avec eux éternellement, ça
prime tout pour moi. Donnez ce papier, que je le signe
vite.

— Ça y est, je n'entends plus rien. Le voilà beau, le
Dauphin et ses qualités chevaleresques ! J'aimerais
mieux être Sire de Vinay, ce n'est pas celui-là qui consentirait à entrer dans les ordres. Pauvre Dauphin !
mais c'est cette grande douleur qui a affaibli son esprit,
Flôte en a profité voilà tout, oh ! le gredin ! La France
n'avait pas besoin du Dauphiné pour être grande. Ces
Jésuites finiront par tout bouleverser.

— Ah ! te voilà Antonin.

— Eh ! oui, Monseigneur l'Ambassadeur. Je suis bien
aise de votre arrivée. Donnez-vous la peine de vous
asseoir, sire, et que je vous dise ce que j'ai entendu :
Guillaume Flôte à su profiter de la douleur du Dauphin
pour lui faire signer le transfert du Dauphiné à la Cou-
ronne, et le faire consentir à entrer dans les ordres.

— Comment, perdre ce petit André que nous adorions tous et voir son père se déshonorer en faisant sortir le Dauphiné de la Maison de La Tour, en même temps. Ah ! non, par mon épée, c'est affreux, affreux Ce n'est pas le roi que je blâme, il n'était pas là. Ce Guillaume Flôte marche de pair avec les moines. Mais le roi, notre parent, aurait mauvaise grâce vis-à-vis des Français de combler de faveurs les descendants de la Maison de La Tour pour l'avoir dépouillée de son Dauphiné? Ah ! non, ce n'est pas cela. La Maison de La Tour a mérité le Dauphiné par sa vaillance et son prestige et sa puissance européenne. L'empereur Albert n'a-t-il pas toujours sanctionné le droit des Dauphins. La Maison de La Tour n'aura pas soutenu l'honneur de ses armes à travers tous les siècles, aimé, illustré la France, son pays d'origine, versé son sang pour elle, glané les mauvais sujets pour en faire de bons soldats et permettre ainsi au laboureur de récolter son grain. Non, non, la France ne souffrira pas cette injure, d'ailleurs et le Dauphin se ravisera.

— Mais on ne lui en donnera pas le temps, sire, ils ne vont pas le quitter jusqu'à ce qu'il soit dans les ordres. Ils vont le griser, en lui donnant tous les grades de l'Eglise, Ah! si vous aviez entendu ce Guillaume Flôte lui tracer le chemin du Ciel, vous ne supposeriez pas cela, sire.

— Oh ! je sais, Antonin, ces misérables veulent que l'humanité mette tous ses intérêts dans le ciel, et par ce moyen, s'emparer des autres. On les verrait un jour distribuer à cette même humanité, sous forme d'aumône, quelques bribes de ces intérêts terrestres. Ces intérêts terrestres qui nous sont chers et qui, bien compris, rendent l'humanité si belle. Les autres ne sont basés que sur l'imagination, injurieux pour la nature notre mère commune à tous ; nous saurons leur barrer la route, et le ciel ne sera pas la barrière infranchissable de notre esprit et nous lui laisserons la liberté de parcourir l'infini ; cet infini qui est peuplé de planètes ressemblantes à la nôtre. Le nature ne nous a-t-elle pas donné des esprits voyants, pouvant pénétrer ce secret et qui nous le disait en dormant. L'homme se sent grand

en promenant son esprit dans l'infini. C'est là la vraie
liberté de l'esprit. Cette liberté inculquée à nos enfants,
et le désir de remplir tous leurs devoirs ici bas amène-
ront le bonheur sur la terre et l'humanité sera rayon-
nante. Si on laissait les catholiques enchaîner l'esprit,
le progrès serait enchaîné de même. Antonin, je vais
veiller à ce que tous les devoirs soient rendus à notre
petit André. J'ai entendu dire, en venant ici que l'Isère
l'avait rejeté sur ses bords du côté du moulin, et on
doit l'avoir transporté ici à cette heure ; au revoir et
continue à bien surveiller.

— Oui, Monseigneur, Ah ! c'est égal, quel homme ce
Pierre de la Tour, seigneur de Vinay ; mais j'y vais
aussi, je veux voir le petit André, que nous appelions
notre futur Dauphin Le voilà bien pour un tourniquet
qu'il a voulu faire, le voilà noyé dans l'Isère. Eh ! bien,
j'aime encore mieux être Antonin et être où je suis.

. . . .

˜ — Douze générations se sont passées et le Dauphiné
n'est pas revenu dans notre illustre maison de la Tour
et nous n'avons plus la faveur des rois, pas même celle
qu'ils nous élèvent nos filles, comme étant les enfants
de simples gentilshommes auvergnats ruinés par
Louis XIV ; Madame de Maintenon savait bien le lui
dire. Si seulement mon grand père Etienne de la Tour
avait quitté la France, lorsque Louis XIV fit son édit
expulsant les pasteurs protestants et interdisant aux
autres de sortir de France sous peine des galères. Mon
père Pierre n'aurait pas varlopé les planches et moi,
Géraud La Tour, je ne serais pas sonneur de cloches ;
mais le pouvait-il, ayant mon père nouveau-né sur les
bras ? Puisqu'il fit apprendre le métier de menuisier à
son fils, c'est qu'il était ruiné. Les tentatives du comte
de Savoie sur le Dauphiné nous ont valu une héroïne
de plus dans notre maison de La Tour ; mais le Dauphiné est toujours en moins, et c eût été préférable que
le marquis de la Charce serve l'honneur des armes de
la maison de La Tour plutôt que de servir les intérêts
du roi. Mais le marquis de la Charce s'était saigné aux
quatre veines pour racheter une charge que le roi
n'aurait pas manqué de lui retirer. Et Madame Des-

houillère que le roi avait envoyé résider chez le marquis pendant six mois et avait employé tout son génie
pour amener sa famille à se soumettre à la catholicité
et puis, comment vaincre une aussi jolie fille que
Phylis qui sut si bien commander les vassaux de son
père !

— Eh ! bien, Marie, ceux de notre Maison de La Tour
qui ont lutté d'une façon extrême pour empêcher ces
Jésuites d'amener la nuit dans l'esprit des rois et des
peuples, et soutenir l'honneur de leurs armes qui, du
reste, étaient celles de la France. Ne l'ont-ils pas tenue
dans leurs mains par leur puissance, cette France, et ne
l'ont-ils pas aimée, respectée? Eh ! bien, ma chère
Marie, ils n'ont rien soutenu du tout: tout est sombré;
il ne nous reste que notre dignité personnelle qui elle
seule nous met une auréole de bonheur dans notre
cœur. A part cela, que de peines ! Quand je ne sonne
pas les cloches, je laboure. Tenez, Marie, je veux que
notre fils Antoine soit tisserand; il est aussi intelligent
qu'il est beau, il réussira peut-être mieux que moi à
fomenter cette révolution que nous désirons tant.

— Oui, Géraud, je suis de votre avis ; tisser la bure, et
la toile, ça rapporte, on voit du monde, et on fait de la
politique, en même temps

— Chère Marie, si seulement j'avais ce métier, je ga-
gnerais plus et nous aurions moins d'inquiétude et de
difficulté pour triompher de la famine qui s'annonce
cette année. Les habitants de Saint-Sozy n'ont plus
d'argent et le blé vaut déjà vingt francs le carton. Tenez,
Marie, je ne vois qu'un moyen d'y remédier; il y a beaucoup de bois dans le pays, c'est d'amener les habitants
à les couper et à les transformer en charbon, et ensuite,
j'irai du côté de Décazeville chercher des débouchés.

— Ça ne sera pas chose facile, Géraud, d'amener les
habitants à transformer leurs bois en charbon, car la
plupart ont la tête dure.

— Ma chère Marie, je vais les entraîner par l'exemple
et je vais de ce pas, m'enquérir de ceux qui voudront
me vendre du terrain boisé. Le peu d'argent que nous
avons servira à cette besogne, mais soyez sans inquiétude, Marie, nous rentrerons dans notre déboursé, nous

y trouverons le pain et nous aurons, c'est plus que pro-
bable, le terrain de quitte.

— Ah! vous êtes un prodige, Géraud; que de peines
pour vous; mais je vous seconderai de mon mieux, mon
brave.

— C'est cela, Marie, à tout-à-l'heure; c'est-à-dire non,
si je trouve un vendeur, aussitôt le marché conclu, j'irai
commencer d'abattre le bois.

— C'est bien, Géraud, et quand vous rentrerez, vous
trouverez une bonne soupe. Est-il courageux, il est dans
le cas d'y passer la moitié de la nuit, mais je n'atten-
drai pas, aussitôt la nuit, j'irai la lui porter. — Ah!
vous voilà, Antoine, votre papa a été chercher des ven-
deurs de terrains boisés, courez vers lui, vous revien-
drez me dire s'il en trouve.

— Oui, maman.

— Voilà la nuit, je ne vois venir ni le père, ni le fils,
je vais leur porter la soupe, et je travaillerai avec eux ;
je partagerai ainsi leur mérite; nous sommes dans le
cas d'empêcher les habitants de mourir de faim. J'y vais,
il y aura une charbonnière demain sur la place. Je vais
dire en même temps, à ce brave Lanoré de venir nous
aider et m'informer où est l'acquisition.

Mon père est mort à la suite de grandes fatigues
éprouvées en voulant tenir ses engagements et empêcher
les habitants de mourir de faim, en fabricant du charbon. Il a réussi, je crois bien qu'il en serait mort les
trois quarts. Ce n'est pas étonnant que celà lui ait cou-
té la vie, il passait les nuits autour de sa charbonnière,
et le jour il faisait ses brasses de bois qu'il vendait outre
son charbon et qui lui payaient son terrain ; et ce Mey-
signac qui refusait de lui payer ses brasses et même de
l'aider! Pauvre père, pauvre prince! je crois que ses ancêtres n'avaient pas plus de mérites que lui en gagnant
des batailles.

Ma mère a été surprise par la mort dans son village
natal, elle est mise en terre où on a voulu nous enterrer
au point de vue de la naissance en raturant la feuille
qui contient son mariage, à la mairie de Pinsac. Elle est
morte en disant : « Je meurs heureuse, en pensant que
Géraud La Tour, mon époux a toujours si bien rempli

ses devoirs vis-à-vis de tout et de tous et en laissant un fils qui lui ressemble et de voir que son épouse est digne de lui, digne d'être la mère de mes si beaux petits-enfants et pour comble de mon bonheur, je laisse mon fils à la veille de recueillir un immense héritage à l'étranger. » Ah! pauvre mère, elle connaissait bien mal nos ennemis, messieurs les Jésuites! Je vais pour lever l'acte de mariage et il est raturé. Cet acte joint à celui de ma naissance que je croyais déposé au Greffe du Tribunal de Gourdon par le brave curé Serre, de la paroisse de Mayrac, mort depuis deux ans : car il avait promis de faire ce dépôt, au lit de mort de mon père : ces deux actes, dis-je, auraient suffi pour prouver que nous étions des princes de la Maison de La Tour et non des usurpateurs de noms, et j'aurais pu recueillir cet héritage; mais cet acte de naissance date de 17 ans avant la contre-révolution et on m'a répondu qu'on n'avait pas de papiers d'avant la révolution. Si la contre révolution a permis l'usurpation des noms, n'était-ce pas pour nous confondre moi et mon frère Joseph de Curemonte, et nous sommes bien confondus et pour toujours, je crois. Cependant puisqu'on a su nous trouver, ils nous connaissaient, par conséquent, ils devaient passer outre les papiers et nous permettre de recueillir cette succession. Mais ne jugeons pas les autres d'après nous, c'est bien fini. Ah! Hélas! que c'est dur, je me sens mourir, mes pauvres enfants! Ah! mon père, est-ce que je serais moins brave que vous! Ce n'est pas possible. Du courage? Il m'en faut. Heureusement, mon fils, François-Joseph est grand, et commence à m'aider, et Dieu sait, si je puis compter sur lui; celui-là! Je ne peux le regarder sans éprouver un bonheur ineffable. On pourrait croire que la nature l'a comblé de beauté, de courage pour me dédommager des crimes que des hommes, en France, ont commis vis-à-vis des La Tour, qui ont toujours fait leur devoir. Cet acte de naissance que l'on me refuse, les lois de la nature, auxquelles nous n'échappons pas, permettront un jour à mes petits-enfants de le surprendre. Et à l'ouvrage maintenant.

Catherine, ne dérange pas cette grosse araignée, elle fait comme moi, elle gagne sa vie en faisant la toile; détruit toutes les autres, mais celle-là a là sa résidence depuis trop longtemps.

— Ah! Antoine, je la laisse, que ne ferai-je pas pour te contenter, toi si courageux! Tu te couches toujours à une heure avancée de la nuit, et le jour ne te surprend jamais dans ton lit. Ma fille Marguerite en a peur de cette grosse araignée, et je souffre cela depuis trois jours. Si çà continue, il faudra pourtant que tu sacrifies ton araignée, notre fille nous est autrement précieuse. On sonne la grand'messe, les amis t'attendent sur la place, mets vite ton gilet blanc et ta cravate blanche, que l'on te trouve toujours beau. Vois-tu, je suis heureuse de te voir. Es-tu bien entouré sur cette place le dimanche? Je me demande souvent ce que tu peux bien leur dire à ces braves gens. Le petit Maury qui n'a que dix ans est toujours le premier arrivé, et le plus près de toi, je t'assure que pas une de tes paroles ne lui échappe. Je vois ça en passant. Tu pars, Antoine! mais je descends aussi pour assister à la messe. Les enfants sont chez le voisin Lanoré. Je peux etre tranquille. Partons.

PARIS — IMP DE SOURDS MUETS ::: 101 RUE D'ALESIA

www.ingramcontent.com/pod-product-compliance
Lightning Source LLC
Chambersburg PA
CBHW061742180626
46818CB00006B/2715